마음 문 열기

지은이 **이 재 순**

1991년 월간한국시 동시부문 신인상, 2017년 한국동시조 신인상을
수상하면서 작품 활동을 시작하였습니다. 영남아동문학상, 한국아동
문학창작상, 한국문협작가상, 김성도아동문학상, 박화목아동문학상
을 받았습니다. 지은 책으로 동시집 『별이 뜨는 교실』『큰 일 날 뻔했
다』『집으로 가는 길』『나비 도서관』『발을 잃어버린 신』이 있고, 동
시조집 『귀가 밝은 지팡이』(2019 올해의 좋은 동시집 선정)가 있습니다.

이메일 : lis9708@hanmail.net

그린이 **노 우 혁**

서양화를 전공하였으며 현재 (사)한국미술협회 회원, 철길따라사생
회 부회장, 31인작가회 회원으로 활동하고 있으며 그린 책으로는
『세상에서 제일 맛있는 라면』,『그 별들 잠을 자는 새벽까지』,『마음
문 열기』,『알기쉬운 에티켓 영어 회화』,『감춰진 여자의 마음을 간
파하라』 등이 있습니다.

마음 문 열기

이재순 동시집 | **노우혁** 그림

도서
출판 **답게**

자연과 삶에서 얻은 생각들

늦은 밤까지 귀뚜라미가 울고 있습니다.
이 가을 누군가가 그리운 모양입니다.
가슴에 그리움이 가득하면 잠이 오지 않습니다.
잠이 오지 않는 밤이면 시를 읽고, 동시를 생각합니다.

지난여름 울어 대던 매미를
쏟아지는 소나기를
상춧잎에 붙어 온 달팽이를
짙은 녹색 잎을 자랑하는 텁수룩한 나무를
솔바람 불어오는 숲속에서 새들의 노래를 들으며
멍 때리기 하던 날을
밤새 철썩철썩 해변 닦는 파도를 떠올려 봅니다.

이들과 다정하게 나눈 얘기들을 다양한 색깔과 모양으로
말맛을 살려 쓴 동시들입니다.
어린이에게는 재미와 공감을, 어른에게는 잃어버린 동심을
되살려주고 꿈꾸게 하고 싶습니다.

아무쪼록 이 동시집이 동심을 사랑하는 이들 곁에서
기쁨으로 함께하기를 희망합니다.

해설을 써주신 신현배 시인님과 예쁜 그림을 그려주신 노우혁 화백
님, 정성껏 책으로 만들어주신 〈답게 출판사〉 가족에게 감사를 드
립니다.

2022년 늦가을
이재순

차례

2부 아빠 등 밀기

3부 꾀 많은 배추벌레

4부 수영장에 사는 쥐

1부
헌 니 줄게 새 이 다오

소리 자르기

탱자나무 울타리에
모여 앉아
조잘대는 참새들

짹짹짹 짹짹짹
짹째글 짹째글

박수처럼 쏟아지는 소리
우리 아기 단잠 깨웠다

창문을 닫자
소리가 잘렸다

칭얼대던 우리 아기
쌔근쌔근 잠들었다

창문 밖
탱자나무 울타리의 참새들
쉿!
저들끼리 수화한다.

12 마음 문 열기

헌 니 줄게 새 이 다오

― 까치야, 까치야
　헌 니 줄게, 새 이 다오

빠진 이빨 지붕 위에 던지려다
안 돼, 까치에게 안 줄래
할머니 텃밭에 줄 거야

빠진 이빨 텃밭에 심고
아무도 못 가져가게
꼭꼭 밟아줄 거야

물주고 가꾸면
새 이가 새싹처럼
쏘옥 쏘옥 돋아날 거야

국어 시간

선생님이 국어 시간에
'플랜더스의 개'* 이야기를 들려주셨다.

넬로 소년과 개 파트라슈가
껴안고 죽는 마지막 장면에서

짝꿍 형석이가
눈물을 훔쳤다

이내 교실 여기저기서
훌쩍거리는 소리가 났다

참으려는데
나도 눈물이 핑 돌았다

우리 강아지 똘이가 생각나서
자꾸 눈물이 나왔다.

*플랜더스의 개 : 1872년에 출간된 '위다'의 소년소설.

선물

저녁때가 되면
경로당에 가셨던 할머니가
유모차를 끌며 느릿느릿 오신다.

그맘때쯤
회사에 출근하셨던 아버지가
종종걸음으로 돌아오시고

학교 수업 마치고 학원에 갔던 동생이
신발주머니를 빙빙 돌리며
집으로 달려온다

온 가족이 도란도란
둘러앉은 밥상

저녁이 준
선물이다.

눈의 말

엄마는 수시로
내 눈을 빤히 들여다보신다.

"엄마, 왜 그래?"

"우리 딸 어디가 아픈가,
무얼 하고 싶은가,
눈을 보면 마음이 보이거든."

엄마와 눈싸움하듯
마주 보고 있으면
어, 어ㅡ,
속상한 마음이 살살 풀린다

왜 그럴까?

고 짧은 사이
엄마 눈에 내 마음이 들켰나,
픽 웃음이 난다
그냥 웃고 싶어진다.

짝꿍

요즘 유행이라며
엄마가 사 오신 짝짝이 양말

한 짝은
흰 바탕에 노란 무늬
다른 짝은 청색 무늬

영 어울리지 않는
짝짝이 한 켤레

신어보니
마음이 확 바뀌었다.

색상 무늬는 서로 달라도
내 발에 꼭 맞는
짝짝이 양말

금세
짝꿍 되었다.

산타 할아버지

연말 이맘때면
주민센터 문 옆
그 자리에 놓이는
돈 상자*

누가 두고 갔는지
아무도 모르게

— 어렵고 힘든 사람을 위해 써주십시오.

연필로 눌러 쓴 편지만 남긴 채
남몰래 두고 갔다

성탄절 밤
내가 잠든 사이
선물을 주고 간
산타 할아버지처럼
뒷모습이 아름다운 그분

*돈 상자 : 주민센터 문 옆에 몰래 놓고 사라진 전주 노송동 얼굴
　　　　없는 천사의 온정.

벚꽃 길

해맑은 봄날
꽃비 내리면 꽃길이 된다.

맨발로 꽃길을 걸으면
발에 살며시 달라붙는 꽃잎

발바닥이
간지럽다
포근해진다

흩날리는 꽃비를 맞으면
결혼식 날 행진하는
신부가 된 듯

꿈길 같은 꽃길
내 마음 사르르
꽃향기로 물든다.

1부 23

폭염주의보

— 아, 아, 주민 여러분께
　알립니다, 알립니다
　한낮기온이 36도
　매우 뜨거우니 밭일 가지 마시고
　집안에 계십시오!

매앰매앰 매애……
매미 소리처럼
숨 가쁜 이장님 목소리

한낮을 달군다
후끈 달군다

숲 멍 때리기

솔숲에 자리 깔고 누워
멍하니 숲바라기 하면

솔숲이
조용히 나를 바라보다
솔바람을 솔솔 보내줘요
새소리도 들려줘요

포근히 안겨 오는
푸른 하늘
저절로 눈이 감겨요

가만히
나를 재우는
숲 멍 때리기

나무 이발

가로수 이발하는 날

아저씨들이 전기톱으로
드르륵 드륵
가지치기하고 있어요.

다듬어 주지 않고
인상 쓰며 잘라 내요.

무성한 잎들,
그 속에 숨어 있던 까치집
어느새 냉큼 잘려 나갔어요.

까치가 돌아와
깍아 깍—
울어대면 어쩌죠?

1부 27

할머니 귀

갈수록 말수가 줄어든
가는 귀 먹은 우리 할머니

"할머니이~~~"
큰 소리로 부르면
눈치로 알아듣고

버릇처럼
귀에 손바닥으로
손 스피커 만들어요.

그제야,
"응, 왜 그랴?"

귓바퀴에 덧대어 듣는
쪼글쪼글한 손바닥 귀

소리가 솔솔 새어 나가
말수가 줄어드나 봐요.

자원봉사

혼자 사는 할머니 댁을 방문해
이야기 들어주는 우리 누나

외로운 할머니 이야기 들어주는
자원봉사래요.

멀리 사는 아들 며느리 이야기
먼저 가신 할아버지 이야기
다 들어 주는 데 두 시간

어제 하신 이야기를
또 하면서 눈물 훔치며
실컷 울고 난 할머니

"속이 후련해, 고맙네."
활짝 웃는대요.

2부
아빠 등 밀기

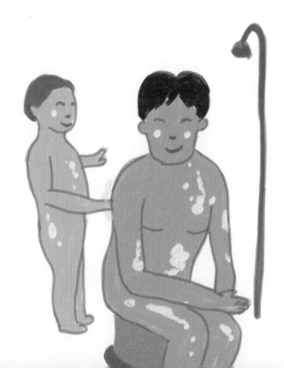

혼자 있을 때

혼자 있을 때 나는
이상한 버릇이 생겨요.

책을 펼쳐 놓고
빈둥빈둥 멀뚱멀뚱

냉장고 문
열었다 닫았다

이 방 저 방
들락날락

언니 비밀 일기장
몰래 뒤적뒤적

혼자 있을 때
나 아닌
또 다른 내가 있어요.

가위질

가위질하는 내 동생
입이 오물조물

지켜보는
엄마 입도 오물조물

바라보는
내 입도 오물조물

귀여운 입 따라
오물조물 오려내는
가위질

서발 서발

"매미는 어떻게 우나요?"

선생님 말씀에
교실은
매미 울음바다 됐어요.

"매앰 매앰 맴"
"미얌 미얌 맴"
"쓰람 쓰람 쓰으"

외갓집이 베트남인 짝꿍은
"서발 서발" 운대요.

교실이 금방
웃음바다 됐어요.

"서발 서발?"
"서발 서발,"
"서발 서발!"
따라 했더니

내 귀에 매미 소리가
'서발 서발' 들려와요.

쌀밥에 뉘

뽀얀 쌀밥에
껍질째 누운 밥 한 알
눈에 딱 튀는 뉘*

숨어도
금방 티가 나서
부끄러울 거야

전학 온 석이도 그럴 거야
쌀밥에 뉘처럼
섞이지 못하고 뱅뱅뱅

내가 먼저 다가가
마중말로 마음 문 열어 줘야지.

*뉘 : 쓿은쌀 속에 등겨가 벗겨지지 않은 채로 섞인 벼 알갱이.

붕어빵

갓 구워낸
붕어빵

앗, 뜨거워!

이 손 저 손
왔다 갔다

호오 호ㅡ!

저 손 이 손
갔다 왔다

방금 건져 올린
힘찬 붕어
살아서 팔딱팔딱

목련꽃

목련꽃 피던 날
급식 시간에
식판을 떨어뜨렸어요.

"쨍그랑!"

웅성대던 식당
모든 눈길이 내게 쏠렸어요.

놀랍고
부끄러워
엉거주춤 서 있는데

"괜찮니?"

얼굴이 하얀 짝꿍
얼른 흩어진 음식을 주워 담으며
목련꽃같이 웃었어요.

창밖 목련꽃도
일제히
함박웃음 터뜨렸어요.

볕 좋은 날

햇볕이 종일
군불을 땐다.

따끈하게 데워진
냇가 둔치 너럭바위

나와 형 둘이서
배를 깔고 엎드렸다.

따끈따끈 시원한
공짜 볕 찜질방

날아가는 모닝콜

일요일 아침
늦잠 자는 내 동생

방충망에 붙은 매미가
— 일어나라, 일어나라

맴맴맴매~~~
맴맴맴매~~~

잠꾸러기 동생이
눈 비비며
냅다 대꾸한다.

— 알았어, 알았다니까!

그제야
휙 날아가는 모닝콜

할머니 손바닥

이마에 대보며
―열이 나네!

배를 살살 비비다가
―체했구나!

발목을 꼭꼭 누르며
―부어있네!

어디가 아픈지
콕콕 집어내는

할머니 손바닥은 청진기
용하디용한 약손.

깁스 속에 벌레가 산다

솔솔솔솔
간질간질

깁스 속에
벌레 한 마리 살고 있나 봐

간질간질
고물고물 기어 다닌다.

—박박 긁고 싶어 미치겠어!

기어코 잡아내어
어떻게 생겼나,
얼굴 한번 보고 싶다.

얼카

대구에서 전근 오신
우리 선생님

"내일은 낮 기온 34도란다,
물병에 물 얼카 오너라."

얼카?
'얼카'가 뭐지?
여기저기서 웅성웅성

"물 얼려 오란 말이데이!"
그 말씀에
웃음보가 터졌다.

경상도 사투리가
삽시간에 교실 안을
'얼카' 놓았다.

아빠 등 밀기

아빠의 등을 민다
활처럼 굽은 아빠의 등

등뼈가 볼록볼록
때수건이 지나갈 때마다 걸려

손으로 등을 쓰다듬으며
아빠와 마음 간격을 좁힌다

밀수록 지우개 똥처럼
밀려 나오는 때

"그만, 됐다" 하시지만
아빠의 몸속 피곤까지

닦아 내고 싶은
아빠 등 밀기

강아지 엄마

옆집 아주머니는
강아지 엄마다.

아기 대신
포메리안과 스피츠*를
안고 업고 다니며

―엄마한테 뽀뽀,
　아빠하고 뽀뽀,
　엄마 말 잘 들어!

우리 동네
강아지 엄마는 많은데

아기 엄마는
안 보인다.

*포메리안, 스피츠 : 강아지 종 이름.

3부
꾀 많은 배추벌레

마법

사진관에서
엄마와 사진을 찍었다.

사진사는
엄마 얼굴에
잔주름을 지우고

내 작은 눈
쌍꺼풀도 넣고
납작코는 오똑!

손길이 닿으면
마법을 부리듯
예쁘게 변신한다.

마음속 게으름도
손끝으로 쓱쓱 고친다면
얼마나 좋을까….

꾀 많은 배추벌레

밤새 배춧잎에
구멍이 숭-숭-

─무슨 일인가
　어디 한번 볼까.

타박타박
할머니 발소리에

죽은 체 몸을 말아
톡, 떨어지는 애벌레

모른 척
배춧잎만 뒤적이는
할머니

동백섬

늦은 겨울
동백나무 가지마다
빨간 등 켠다.

배고픈 동박새
등불 보고 날아와
꿀 먹으라고

지나가는 배
길 잃지 말라고

가지마다 켜 놓은
동백 빨간 꽃등

동백섬*은
바다의 꽃이다.

*동백섬 : 경상남도 거제시 일운면 지세포리에 딸린 지심도 섬으로,
        섬 전체가 동백나무 숲을 이루어 동백섬이라 불린다.

호박 덩굴

맨 앞에서
발
발
발

어린 덩굴
담장을 기어오른다.

애호박 떨어질까
발발 떨며
오르는 여린 손

꼭지 떨어지지 말라고
스프링 손
뱅글뱅글 감아쥔다

애호박이 안심하고
매달린다.

하늘 오르막길

활주로에 선
비행기

구물구물
기어가다
쏜살같이
달리다가

활주로 끝날 즈음
곧추서서
쿠왕! 솟아오른다

하늘길에도
보이지 않는
오르막이 있나 보다.

마우스

이방 저방 왔다 갔다
이리저리 들락날락

필요한 거
찾아내다
재미까지 솔솔 붙어

세상이
모두 잠든 밤에도
먹잇감을 뒤져요.

나이테

나무는 품속에
컴퍼스를 숨겼대요.

마음 한가운데
점 하나 콕 찍고
동그랗게 동그랗게
동그라미 그려요.

중심을 잡고 곧게 서는
단 한 가지 생각으로

우리가 잠자는 동안에도
물무늬 퍼지듯
동그랗게 동그랗게
동그라미 그려요.

아무도 모르는
해님 닮는 꿈

연잎

연잎은
수정 구슬인 줄 알고
빗방울을 모읍니다.

얼마만큼 모으면
구슬치기하며 놀다가
또르르 버립니다.

적당히
가졌다 비우는
연잎 마음

그래서 잎이
하트를 닮았습니다.

다람쥐 손

다람 다람 다람쥐는
공손도 하지요.

과자를 달라고
두 손 내미는
두 돌 된 내 동생같이

입가에
두 손 모우고
오물오물 속삭이는

다람 다람쥐
고 뽀얀 조막손

하늘 해먹

거미가 허공에
쳐 놓은 해먹*

이슬방울이 누워
반짝반짝

아기 바람이
흔들흔들 졸다 가면
뽀송뽀송해지는 해먹

언제 날아왔는지
단풍잎 하나

간들간들
잠이 들었네.

*해먹 : hammock, 기둥 사이나 나무 그늘 같은 곳에 달아매어 침
　　　상으로 쓰는 그물.

여름 해수욕장

몰려온 사람들이
다 가고 난 밤바다

파도는
쉴 틈이 없다.

철썩철썩
쏴—

흰 거품을 내어
해변을 닦는다.

철썩철썩
쏴—

바다는 한숨도 못 자고
손님맞이로 바쁘다.

손가락 청진기

손가락을 튕겨
수박 속을
진찰한다.

통통통!
퉁퉁퉁퉁!
통탕통탕!

소리로
건강을 살피는
손가락 청진기

씀바귀꽃

노란 씀바귀꽃
가늘고 긴 꽃대에

노랑나비 한 마리
간들간들
버티고 있다.

씀바귀꽃은
저보다
몇 배나 큰 녀석을 안아
젖을 먹이며

노랗게
흔들흔들
어깨춤 추고 있다.

담쟁이

담 너머
뭐가 있나?

갓 태어난
덩굴손은

궁금한 게
하도 많아
담장을
오르고 또 오르고

호기심
가득한 더듬이로
밤새워 더듬더듬

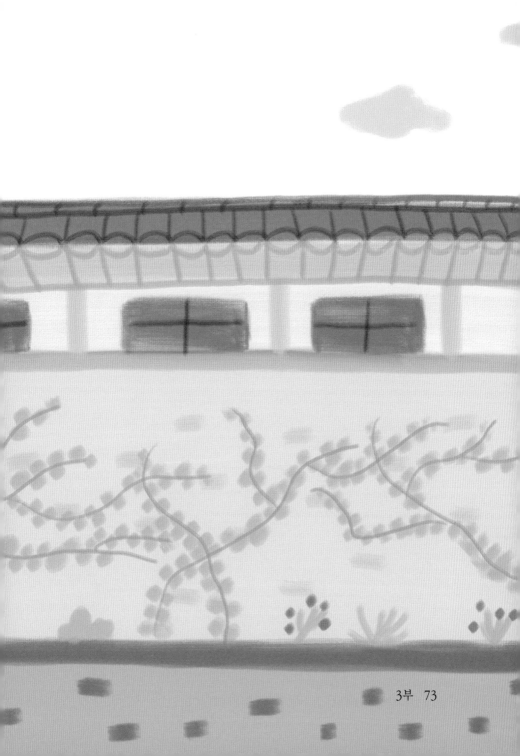

4부
수영장에 사는 쥐

빈말

빈말*이란 말이 있지
속이 텅 빈
공갈빵** 같은 말

말속에 참말은 빼먹고
껍데기로 남은 말

싫으면서도
좋다고 하는 말
그것도 빈말이지

참말 같은 거짓말

*빈말 : 실속 없이 헛된 말.
**공갈빵 : 속이 텅 비고 겉만 부풀게 구운 중국식 빵을 낮잡아 이
　　　　르는 말.

수영장에 사는 쥐

수영장에도
쥐가 산다.

쥐 죽은 듯 숨어 있다가
누나 발에도
내 다리에도
가끔 다녀간다.

다다다닷!
힘껏 물장구치는데
쥐가 왔다

깜짝 놀라
가만히
다리를 꾹꾹 주무르자

스스로
꼬리 감추고
어디론가 달아났다.

대나무 마디

죽! 죽!
대나무가 자란다.

마디 앞에선
머뭇머뭇
뭉그적뭉그적

마디마다 뭉친
단단하고 도톰한 매듭

대나무
끙! 하고
용쓴 흔적이지.

더위 팔다*

"정민아, 내 더위 사라."

정월 대보름날
오빠가 나에게
더위를 팔았다.

오빠에게 산 더위
나는 엄마에게 팔았다.

"올여름 더위
내가 모두 살게!"

우리 식구 더위를
떨이로 몽땅 산 할머니

올여름엔
집에 계신 할머니만
덥겠다
무척 더우시겠다.

*더위 팔다 : 정월 보름날 그 해의 더위를 다른 사람이 가져가기를
　　　　　바라는 뜻으로 하는 말.

팔베개

아기가 칭얼대면
엄마는 얼른 아기 곁에
팔베개하고 누워요.

자장자장
잠을 부르는
엄마의 팔베개

그새
쌔근대는 아기

사르르 팔베개를 빼면
잠이 팔베개해요.

꿈길로 따라나선
팔베개

수다

엄마는 속상하면
수지 엄마와 한참 동안 수다*를 떨어요

기분이 제자리로 돌아오면
그때서야
이방 저방 청소기를 돌리고
빨래를 탈탈 털어 널어요.

나는 마음이 게을러지면
수지에게 전화를 걸어요

미주알고주알 쏟아낸 이야기가
방을 가득 채우면
그때서야
숙제를 시작해요.

수다가
게으름을 털어내요.

*수다 : 쓸데없이 말수가 많음. 또는 그런 말.

나중에

엄마는 무엇이든
나중에 해준다고 한다.

나중이 되면
또 나중이다

나중은 나중을 부르고
또 나중은 나중을 낳는다

나중의 꼬리는
너무너무 길다.

우편함

내 휴대폰 속에는
우편함이 있다.

눈만 뜨면 먼저
누구 편지가 와 있을까?

기대 반
기다림 반
설레는 마음으로
우편함을 연다.

우리 집 우체통은
비어 있어도
내 작은 우편함에는
매일 소복이 쌓인 메시지들

우표 없이 날아온
곳곳의 새 소식들이
오늘을 연다.

소화기

─있는 듯 없는 듯
　가만히 있는 게
　도와주는 일이야.

　소중하지 않다는 건 아니야
　관심 밖은
　더더욱 아니고……

─알았어
　내가 필요할 땐
　언제든지 불러줘.

　가끔은 내 몸에
　먼지도 닦아주고
　오가며 눈인사쯤은……

구석에서 우리 집안을
구석구석 살피는
빨간 소방관!

서로서로

짝꿍이 수업 시간에
자꾸 발을 흔듭니다.

─발 흔들지 마!

나는 수업 시간에
연필을 자꾸 깨뭅니다.

─연필 깨물지 마!

짝꿍 거울은 나
내 거울은 짝꿍

거울이
나쁜 버릇을 고칩니다.

딱풀

봉투 속 비밀이야기
소문내려고
쑥 내민 봉투 입술

—난, 다 알아
  동네방네 알려야지.

딱풀이 듣고
비밀이야기 새지 않게
쑥 내민 봉투 입술
딱 붙여버렸대.

너무와 너무너무

내 친구는
'너무'란 말을 아주 좋아한다.

"너무 예뻐!"
"너무너무 좋아!"

무슨 말을 할 때마다
'너무'를 여러 번 붙여
호들갑 떤다.

너무와 너무너무,
그 사이는
가늠 안 되는 거리다.

계단참

계단을 오르다
숨이 찰 때쯤
평평한 계단참*이 있지
가쁜 숨 내려놓으라고……

계단을 내려갈 때도
다리 휘청거릴 때쯤
평평한 계단참이 있지
숨 고르라고……

계단도
오르내릴 때
잠시 힘내라는 쉼터
참**을 내어주지.

*계단참 : 층계의 중간에 있는 좀 넓은 곳.
**참 : 일을 하다가 일정하게 잠시 쉬는 동안.
　　　한자를 빌려 '站(참)'으로 적기도 함.

〈해설〉

마음의 시학

신현배(동시인, 시조시인)

마음 문 열기

이재순은 시력 30년을 넘긴 중견 시인입니다.

1991년 월간 《한국시》 동시 부문 신인상 당선으로 등단한 이후 지금까지 『별이 뜨는 교실』(1995), 『큰일 날 뻔했다』(2014), 『집으로 가는 길』(2017), 『귀가 밝은 지팡이』(2018), 『나비 도서관』(2019), 『발을 잃어버린 신』(2020) 등 모두 여섯 권의 동시집을 펴냈습니다. 그런데 특기할 만한 것은 2014년부터 2020년

까지 다섯 권의 동시집을 선보였다는 점입니다. 그는 요즘 가장 활발한 작품 활동을 하는 동시인 중 한 사람으로 그만큼 동시에 대한 열정과 왕성한 창작욕을 보여주고 있습니다.

그런 그가 이번에 또다시 『발을 잃어버린 신』 이후 3년 만에 동시집을 내놓았습니다. 바로 일곱 번째 동시집 『마음 문 열기』입니다. 이 동시집은 이전의 시편들과 달리 더 깊이 있고 시적인 성숙함을 담고 있어 반가웠습니다. 그것은 "자연과 일상에서 동심으로 찾아낸 소재를 고도의 함축된 언어로 담아낸다."(『나비 도서관』 박방희 해설)는 평가에서 진일보한 변화된 모습입니다. 이번 동시집은 이재순 시인이 이제까지 보여줬던 동시 세계를 확장하여 마음에 대한 깊이 있는 사유와 탐구로 아이들의 세계에 한층 가까이 나아갔다는 점이 주목됩니다.

이 『마음 문 열기』에서 가장 많이 등장하는 시어는 바로 '마음'입니다. 이 동시집에 실린 작품들은 직접적으로 시적 화자의 마음 상태를 노래하거나, 마음을 대신 표현해 줄 수 있는 대상을 통해 그 마음의 움직임과 마음의 발현을 보여줍니다.

엄마는 수시로
내 눈을 빤히 들여다보신다.

"엄마, 왜 그래?"

"우리 딸 어디가 아픈가,
무얼 하고 싶은가,
눈을 보면 마음이 보이거든."

엄마와 눈싸움하듯
마주 보고 있으면
어, 어—,
속상한 마음이 살살 풀린다.

왜 그럴까?

고 짧은 사이
엄마 눈에 내 마음이 들켰나,
픽 웃음이 난다
그냥 웃고 싶어진다.
　　　　　　　　- 「눈의 말」 전문

마음이란 무엇일까요? 국어사전에는 마음을 "사람이 다른 사람이나 사물에 대하여 감정이나 의지, 생각 따위를 느끼거나 일으키는 작용이나 태도"라고 정의합니다. 마음은 실체도 없고 형태도 없습니다. 눈으로 볼 수도 없고 손으로 만질 수도 없습니다. 그런데 이 작품에서 엄마는 "눈을 보면 마음이 보"인다고 말합니다. "우리 딸 어디가 아픈가,/ 무얼 하고 싶은가," 다 알 수 있다고 합니다. 마음은 실체도 없고 형태도 없는데 어떻게 볼 수 있다는 것일까요? 그것은 눈이 우리의 마음을 드러내는 통로가 되기 때문입니다. '눈은 마음의 창'이라는 말이 있듯이 눈을 보면 그 사람의 감정과 생각을 읽을 수 있습니다. 그 사람의 마음 상태를 알 수가 있다는 것이지요.

「눈의 말」에는 말을 하지 않아도 눈으로 상대의 마음을 보는 모녀간의 끈끈하고 깊은 정이 잘 나타나 있습니다. 단란한 가족애를 보여주는 따뜻하고 정감 넘치는 작품입니다.

사진관에서
엄마와 사진을 찍었다.

사진사는
엄마 얼굴에
잔주름을 지우고

내 작은 눈
쌍꺼풀도 넣고
납작한 코는 오뚝!

손길이 닿으면
마법을 부리듯
예쁘게 변신한다.

마음속 게으름도
손끝으로 쓱쓱 고친다면
얼마나 좋을까….
                    −「마법」전문

나는 마음이 게을러지면
수지에게 전화를 걸어요.

미주알고주알 쏟아낸 이야기가
방을 가득 채우면
그때서야
숙제를 시작해요.

수다가
게으름을 털어내요.

- 「수다」 3~5연

김동명 시인은 「내 마음은」이란 시에서 "내 마음은
호수요./ 그대 저어 오오."라며 마음을 호수에 비유했
습니다. 하지만 마음이 언제까지나 호수처럼 잔잔하
고 고요한 것은 아닙니다. 호수에 거센 바람이 불면
물결을 일으키듯이, 누군가에게 욕을 먹거나 비난을
들으면 마음은 걷잡을 수 없이 소용돌이칩니다. 그 마
음 안에는 분노·탐욕·게으름 등 독소가 있어 상황에
따라 그런 것들이 뒤따라 일어납니다.

마음 안에서 일어나는 그 독소 중에서 가장 무서운 것은 게으름입니다. 다른 것들은 물결을 일으키는 바람이 그치면 본연의 상태로 돌아가지만, 게으름은 쉽게 자리를 뜨지 않고 사람의 행동을 지배하려 들기 때문입니다. 그래서 게으름에 빠진 사람은 게으름의 손아귀에서 벗어나지 못해 끝내 인생을 망칠 수가 있습니다.

「마법」과 「수다」는 마음의 게으름에 대한 사유입니다. 「마법」에서는 사진관 포토샵, 즉 '사진 성형'을 설명하면서 마법을 부리듯 "마음속 게으름도/ 손끝으로 쓱쓱 고친다면/ 얼마나 좋을까"라고 화자의 심경을 토로합니다. 게으름은 실체도 없고 형태도 없습니다. 그런데 그것을 얼굴 사진 수정하듯이 쓱쓱 고쳤으면 좋겠다니, 그 아이다운 생각이 재미있고 기발합니다.

「마법」에서 게으름을 '마법의 힘'으로 고쳤으면 하고 소망하지만, 「수다」에서는 구체적으로 게으름에서 벗어나는 방법을 제시합니다. 그것은 '수다 떨기'입니다. 시의 화자는 마음이 게을러지면 친구 수지에게 전화를 겁니다. 미주알고주알 쏟아낸 이야기가 방을 가득 채우도록 수다를 떱니다. 그러고는 숙제를 시작하는데, 수다가 게으름을 털어냈기에 가능한 일이지요.

수다는 '쓸데없이 말수가 많음'을 뜻하는데, 소음 공해를 일으켜 사람들에게 민폐를 끼친다는 점에서 부정적인 인식이 있습니다. 이 동시 「수다」에서는 수다를 게으름을 털어내는 방법으로 활용하는, 긍정적으로 그린 것이 눈길을 끕니다. 수다에 대한 편견과 부정적인 시각을 깨뜨리고 수다도 삶의 중요한 한 부분이란 것을 깨닫게 해주고 있습니다.

마음의 간격 좁히기

마음과 마음 간에는 간격이 있습니다. 가까웠던 사람과 멀어지기도 하고, 처음 만난 사람과 가까워지기도 합니다. 그렇지만 마음과 마음 간에는 일정한 간격이 있어야 인간관계가 유지됩니다. 너무 가까우면 싫증을 내게 되고 멀리 있으면 서로 잊혀지게 됩니다. 따라서 인간관계에서 간격을 유지하는 것이 중요합니다.

　부모와 아이 사이는 어떨까요? 부모와 아이는 한몸처럼 가깝게 느껴지지만 엄격하게 말하면 부모와 아이도 한 몸이 아니라 독립된 하나의 인격체입니다. 부모와 아이 사이에는 분명한 마음 간격이 있습니다. 그래서 어느 정신과 의사는 부모와 아이의 마음 간격이 1밀리미터로 아주 밀접한 관계이긴 하지만 소홀히 하면 1밀리미터가 1미터, 100미터가 될 수도 있다고 경고합니다.

　아빠의 등을 민다
　활처럼 굽은 아빠의 등

　등뼈가 볼록볼록
　때수건이 지나갈 때마다 걸려

　손으로 등을 쓰다듬으며
　아빠와 마음 간격을 좁힌다.

　밀수록 지우개 똥처럼
　밀려 나오는 때

"그만 됐다" 하시지만
아빠의 몸속 피곤까지

닦아 내고 싶은
아빠 등 밀기
                    -「아빠 등 밀기」

「아빠 등 밀기」는 아이가 아빠와의 마음 간격을 좁히는 이야기입니다. 시의 화자인 아이가 아빠와의 마음 간격을 좁히기 위해 택한 방법은 '아빠 등 밀기'입니다. 화자는 활처럼 굽은 아빠의 등을 밉니다. 그런데 등뼈가 볼록볼록하여 때수건이 지나갈 때마다 걸려 손으로 아빠의 등을 쓰다듬습니다. 그러고는 "아빠와 마음 간격을 좁힌다."고 말합니다. 화자는 왜 이런 말을 했을까요?

예전에도 그랬지만, 요즘 아빠들이 가장 좋아하는 것은 아이 손 잡고 목욕탕에 가는 일입니다. 사이좋게 목욕탕에 앉아 서로 등을 밀어주면 아빠와 아이의 신체적 접촉, 즉 스킨십을 통해 친밀감이 형성되고 아빠와의 유대가 깊어집니다. 그래서 화자가 손으로 아빠의 등을 쓰다듬으며 아빠와 마음 간격을 좁힌다고 말한 것입니다. 목욕탕에 앉아 서로 등을 밀어줄 때 아빠와 아이 사이에 얼마나 많은 이야기가 오고 가겠습니까? 평소에 아빠가 바빠서 아이들과 대화할 시간이 부족한데, 아빠는 아이의 이야기를 귀담아들어 주고 맞장구쳐 주는 것만으로도 아빠와 아이의 마음 간격은 좁아질 것입니다.

「아빠 등 밀기」에서는 아빠를 생각하는 아이의 따뜻한 마음이 느껴집니다. 아이는 가족들을 먹여 살리느라 고생하시는 아빠가 안쓰러워, 아빠의 등을 밀며 "아빠의 몸속 피곤까지/ 닦아 내고 싶어"합니다. 그래서 아빠가 "그만 됐다." 해도 등 밀기를 멈추지 않습니다. 아빠에 대한 사랑이 얼마나 깊은지 보여주는 장면입니다.

뽀얀 쌀밥에
껍질 채 누운 밥 한 알
눈에 딱 튀는 뉘

숨어도
금방 티가 나서
부끄러울 거야

전학 온 석이도 그럴 거야

쌀밥에 뉘처럼

섞이지 못하고 뱅뱅뱅

내가 먼저 다가가

마중말로 마음 문 열어 줘야지.

- 「쌀밥에 뉘」 전문

「쌀밥에 뉘」에는 '마음 문'이라는 시어가 나옵니다. 마음 문은 '마음'을 강조한 비유적 표현입니다. '마음 문을 연다'라고 하면 어떤 사람이 다른 사람에게 마음에 느꼈던 거리감을 없애고 자신의 속마음을 드러내 보인다는 것입니다.

이 동시에서 화자는 "내가 먼저 다가가/ 마중말로 마음 문 열어 줘야지."하고 다짐합니다. 누구에게 먼저 다가간다는 것인가요? 전학 온 석이입니다. 석이는 "쌀밥에 뉘처럼/ 섞이지 못하고 뱅뱅뱅" 돌고 있습니다. 전학을 왔지만 학교생활에 적응하지 못해서지요. 아이들이 익숙한 동네에 있다가 새로운 곳으로 이사 오면 환경의 갑작스러운 변화로 큰 부담을 느끼게 됩니다. 정서적으로 불안감을 경험하고 스트레스를 받게 되지요.

이 동시에서는 학교에서 아이들과 거리를 두고 뱅뱅뱅 도는 석이를 '쌀밥에 뉘'에 비유했는데, 그 비유가 아주 적절합니다. 뉘는 찧지 않아서 껍질이 벗겨지지 않은 채 쌀 속에 섞여 있는 벼 알갱이입니다. "뽀얀 쌀밥에/ 껍질째 누운 밥 한 알"인 뉘는 눈에 딱 띌 수밖에 없지요. 전학 온 석이가 그렇습니다. 화자는 그런 석이에게 먼저 다가가려고 합니다. 스스로 마중말로 마음 문을 열어 줘야겠다는 결심이지요. '쌀밥에 뉘'와 함께 '마중말'이라는 표현도 적절하고 절묘합니다. 마중말은 '마중물'에서 따온 말로 마중물이 되는 말을 의미합니다. 펌프에 마중물을 부어 지하에 있는 물을 퍼 올리듯, 마중말은 상대에게 마중물 같은 말 한 마디로 상대로부터 말을 끄집어낸다는 것입니다. 그렇게 함으로써 마음 문을 닫아 버린 아이의 마음 문을 열어 주겠다는 것이지요.

「쌀밥에 뉘」에서는 남을 먼저 이해하고 배려해 주는 마음을 찾아볼 수 있습니다. 아주 따뜻한 마음입니다. 이재순의 동시에서는 그런 마음을 느낄 수 있는 작품들을 쉽게 만나 볼 수 있습니다. 「폭염주의보」,

「자원봉사」 등의 작품이 그렇습니다.

　　─아, 아, 주민 여러분께
　　　알립니다, 알립니다
　　　한낮 기온이 36도
　　　매우 뜨거우니 밭일 가지 마시고
　　　집안에 계십시오!

　　매앰매앰 매애……
　　매미 소리처럼
　　숨가쁜 이장님 목소리

　　한낮을 달군다
　　후끈 달군다
　　　　　　　　　　　─「폭염주의보」 전문

　　혼자 사는 할머니 댁을 방문해
　　이야기 들어주는 우리 누나

　　외로운 할머니 이야기 들어주는
　　자원봉사래요.

멀리 사는 아들 며느리 이야기
먼저 가신 할아버지 이야기
다 들어주는 데 두 시간

어제 하신 이야기를
또 하면서 눈물 훔치며
실컷 울고 난 할머니

"속이 후련해, 고맙네."
활짝 웃는대요.

– 「자원봉사」 전문

「폭염주의보」는 폭염으로 인해 건강을 해칠까 봐 주민들을 걱정하고 배려하는 이장님의 따뜻한 마음이 담긴 시입니다. 폭염주의보는 여름철 매우 더운 날씨를 알리기 위해 기상청에서 발표하는 기상 경보입니다. 6월에서 9월 사이에 하루 최고 기온이 33도 이상이면서 그 더위가 이틀 이상 지속할 것으로 예상될 때 이 경보를 발령합니다. 이런 폭염이 찾아오면 일사병이나 열사병에 걸릴 위험이 높아집니다. 제때 치료받지 않으면 목숨을 잃을 수 있는 위험한 병입니다.

마을 이장님은 갑작스레 무더위가 찾아와 폭염주
의보까지 내려지니 주민들의 건강이 염려되었지요.
"한낮 기온이 36도/ 매우 뜨거우니 밭일 가지 마시
고/ 집안에 계십시오!"라고 알리고 있으니 말입니다.
주민들의 처지를 배려하는 이장님의 속 깊은 마음이
느껴집니다. 마치 '매앰매앰 매애……' 매미 소리처럼
들립니다. 시인은 이장님의 목소리를, 더울수록 더 크
게 울어 한여름 폭염의 상징인 매미의 울음소리에 비
유하여 긴박한 상황임을 알립니다. 그런 상황에서 두
드러져 보이는 것은 이장님의 남다른 배려심입니다.
주민들을 이해하고 생각해 주는 그 마음이 남아 있
는 한 농촌 공동체는 쉽게 무너지지 않을 것입니다.
　「자원봉사」는 제목 그대로 자원봉사가 무엇이며 어
떤 마음가짐으로 어떻게 해야 하는지 가르쳐 줍니다.
이 동시에서 우리 누나는 "외로운 할머니 이야기 들
어주는/ 자원봉사"를 합니다. 혼자 사는 할머니 댁을
방문해 이야기를 들어주는 것이지요. 어르신들은 외
롭고 상실감이 크기 때문에 우울증에 빠져들거나 행
복감이 적게 마련입니다. 따라서 누군가 자기 이야기
를 잘 들어주고 공감해 주면 기다렸다는 듯이 자신의

삶을 털어놓습니다. 이 시에서는 외로운 할머니가 "멀리 사는 아들 며느리 이야기/ 먼저 가신 할아버지 이야기" 등을 쏟아 놓는데 다 들어주는 데만 두 시간이고, 할머니는 어제 하신 이야기를 오늘 또 합니다. 그 이야기는 대부분 안타까운 사연이지요. 그래도 할머니는 그동안 쌓였던 이야기를 눈물로 털어놓고는 "속이 후련해, 고맙네." 하며 활짝 웃습니다. 누군가 진심으로 이야기를 들어주는 것만으로도 치유와 감정 회복이 이루어졌음을 알 수 있습니다.

이 동시에서는 우리 누나가 혼자 사는 외로운 할머니 이야기를 참을성 있게 끝까지 들어줍니다. 할머니를 존중하고 배려하여 경청해 주고 공감해 준 것입니다. 자원봉사는 이런 점이 중요합니다. 상대가 필요로 하는 것이 무엇인지 살피고, 상대를 존중하고 배려한다면 아이들이 자원봉사를 통해 나 중심에서 타인 중심으로 모든 것을 생각하게 될 것입니다. 「자원봉사」는 자원봉사의 내용만 소개하고 있는 것 같아도 그 이면에는 자원봉사의 동력이 상대에 대한 존중과 배려에 있다는 점을 알려주는 의미 있는 동시입니다.

동심의 눈으로 세상 보기

 동시는 동심의 시입니다. 동심을 '어린이의 마음'이라고 하니 동시는 아이의 마음을 표현한 시라 할 수 있습니다. 이것이 동시의 본질입니다. 하지만 동심과 시가 합쳐진 동시를 쓰는 것은 쉬운 일이 아닙니다. 동심을 잘 담아야 하는 데다가 시로서의 완성도도 높여야 하기 때문입니다.
 이 동시집 『마음 문 열기』를 정독하면 이재순 시인이 안정된 시적 기량으로 동심의 눈에 비친 대상을 살피고 시로 형상화하고 있음을 알 수 있습니다.

죽! 죽!
대나무가 자란다.

마디 앞에선
머뭇머뭇
뭉그적뭉그적

마디마다 뭉친
단단하고 도톰한 매듭

대나무
꿍! 하고
용쓴 흔적이지.

-「대나무 마디」전문

가로수 이발하는 날

아저씨들이 전기톱으로
드르륵 드륵
가지치기 하고 있어요.

다듬어 주지 않고
인상 쓰며 잘라 내요.

무성한 잎들,
그 속에 숨어 있던 까치집
어느새 냉큼 잘려 나갔어요.

까치가 돌아와
깍아 깍—
울어대면 어쩌죠?

-「나무 이발」전문

라는 사실을 일깨워 줍니다. 그리고 눈앞의
세우며 무분별한 가지치기를 하는 인간들
음과 이기심을 고발합니다. 생명 존중하는
자연과 인간이 공생하는 도시를 만들었으
인의 진정성이 느껴지는 동시입니다.

이재순의 일곱 번째 동시집 『마음 문 열
] 동시 세계를 살펴보았습니다. 이 동시집
동시집과 달리 시인의 성숙한 시적 면모를
있어 퍽 기뻤습니다. 그러면서도 아이들의
이 있게 탐구하여 아이들의 세계로 가깝게
었습니다. 한 마디로 이 동시집은 아이들의
를 노래하거나 친구 간에 마음 문 열기, 부
사이의 마음 간격 좁히기 등을 통해 남을
배려하려는 마음으로 시적 공감을 불러일
그것은 무엇보다 이재순 시인이 동시의 본
하여 안정된 시적 기량으로 '동심과 시심'을
결과라 할 것입니다.

「대나무 마디」와 「나무 이발」에서 눈여겨볼 점은
시적 발견입니다. 이재순 시인은 동심의 눈으로 자
연을 세밀히 관찰하여 거기에서 얻은 생각과 미처 깨
닫지 못한 사실들을 찾아내어 보여줍니다. 어린 화자
가 주체가 되어 아이의 마음으로 시적 대상을 유심히
관찰하고 상상하여 시를 빚어내기 때문에 공감의 폭
이 넓습니다.

「대나무 마디」는 대나무가 자라는 모습을 자세히
들여다보고 쓴 동시입니다. 시인의 섬세한 관찰력이
돋보입니다. 대나무는 제 몸에 마디를 만들어 성장합
니다. 마디가 있는 까닭에 매우 단단하고, 태풍이 불
어도 쉽게 부러지지 않습니다. 그런데 대나무가 마디
를 만드는 과정은 녹록지 않습니다. 세찬 비바람과 따
가운 뙤약볕을 견뎌내야 합니다. 그래야 대나무는 일
정한 간격을 두고 마디를 형성하는 매듭을 지으며 쑥
쑥 자랄 수 있습니다. 이 시에는 그런 대나무의 성장
통이 실감나게 표현되어 있습니다. 화자는 "마디마디
뭉친/ 단단하고 도톰한 매듭"이 "대나무/ 끙! 하고/
용쓴 흔적"이라고 말합니다. 그러나 처음에는 '죽!
죽!' 자라는 대나무가 "마디 앞에선/ 머뭇머뭇/ 뭉그적뭉그적"거렸다고 실토합니다. 이 시를 읽으면 대나무의 성장이 참 빠른 듯해도 남다른 고난과 고비를 넘기며 자라났음을 알게 됩니다. 시인은 이 대나무의 성장 이야기를 통해 우리도 성장통이 있어야만 단단하고 도톰한 매듭을 지으며 건강하게 클 수 있음을 말하고 있는 것입니다.

이재순 시인은 의성어, 의태어 구사에도 능숙합니다. 이 동시에서 "죽! 죽!/ 대나무가 자란다."고 했는데, '죽죽'은 "줄이나 금 따위를 잇따라 곧게 긋는 모양"을 뜻합니다. 그런데 대나무를 한자로 '죽(竹)'이라고 하니, "죽! 죽!/ 대나무가 자란다."는 표현은 대나무 모습을 본뜬 한자인 '죽'과 '줄이나 금 따위를 잇따라 곧게 긋는 모양'을 동시에 떠올리게 합니다. 따라서 대나무가 자라는 모습을 의태어로 실감 나게 표현하고 있는 점이 인상적입니다. 그런 표현법은 이재순의 동시에서 흔히 찾아볼 수 있습니다.

「나무 이발」은 시사적인 의미가 있는 작품입니다. 요즘 가로수의 과도한 가지치기가 사회적인 문제가 되고 있기 때문입니다. 이 시의 출발도 물론 동심의 눈으로 주위를 관찰하는 것으로 시작됩니다. 시의 화

자는 길을 가다가 ㄱ
고 걸음을 멈춥니다
릌 드륵/ 가지치기
다. 그런데 그 작업
지 않고/ 인상 쓰며
가지들과 잎이 몽땅
은 까닭입니다. 수ㄴ
다. 가로수 잎 속에
잘려 나갔습니다.
는 황당한 일을 당
이 동시는 '나무
았지만, 그 내용은
아니라 '가로수 죽
기 때문입니다. 회
묘사하고 있지만,
하는 수난을 안타
잃은 까치에 대해
깍아 깍—/ 울어ㄷ
감추지 못합니다.
이 동시는 나무

한 생명
이익만 읷
의 어리ㅅ
마음으로
면 하는 ㅅ

이제까
기』에 담
은 이전의
보여주고
마음을 깊
다가가 있
마음 상태
모와 아이
이해하고
으킵니다.
질에 충실
잘 결합한

마음 문 열기

지은이 | 이재순

그린이 | 노우혁

펴낸이 | 一庚 張少任

펴낸곳 | 蓉 답게

초판 인쇄 | 2023년 1월 25일

초판 발행 | 2023년 1월 30일

등 록 | 1990년 2월 28일, 제 21-140호

주 소 | 04975 서울특별시 광진구 천호대로 698 진달래빌딩 502호

전 화 | (편집) 02)469-0464, 02)462-0464

　　　　(영업) 02)463-0464, 02)498-0464

팩 스 | 02) 498-0463

홈페이지 | www.dapgae.co.kr

e-mail | dapgae@gmail.com, dapgae@korea.com

ISBN　978-89-7574-356-6

ⓒ 2023　이재순 · 노우혁

나답게·우리답게·책답게